AF369444

VENTE DES LUNDI 24 et MARDI 25 FÉVRIER 1890

HOTEL DROUOT, SALLE N° **1**

COLLECTION

DE FEU

M. JULES DIÉTERLE

EXPOSITION PUBLIQUE

Le Dimanche 23 Février 1890

DE 1 HEURE 1/2 A 5 HEURES 1/2

Me **PAUL CHEVALLIER**	**M. CHARLES MANNHEIM**
COMMISSAIRE-PRISEUR	EXPERT
10, rue Grange-Batelière, 10	7, rue Saint-Georges, 7.

COLLECTION

DE FEU

M. JULES DIÉTERLE

PARIS. — IMPRIMERIE DE L'ART

E. Ménard et Cⁱᵉ, 41, rue de la Victoire

CATALOGUE

DES

TABLEAUX

ET ÉTUDES

PAR

Barye, Brest, Corot, Delacroix, Guillaumet, Van Marcke
Marilhat, Troyon

BEAUX DESSINS PAR PRUDHON

Gravures, Livres à figures

ANCIENNES FAIENCES

italiennes, françaises, hispano-mauresques, de Rhodes, etc.

Porcelaines de Chine et du Japon, etc.

VERRERIE

Lampe arabe émaillée, Verres de Venise, etc.

ARMES ET CUIVRES DE L'ORIENT

BEAU CADRE LOUIS XVI EN BOIS SCULPTÉ

Objets d'art variés, Grand Lustre flamand

Meubles, Pendules

Belle Tapisserie flamande du XVI⁰ siècle

Tapis de Recht, Cuirs

Composant la Collection de feu M. J. Diéterle

ET DONT LA VENTE AURA LIEU

HOTEL DROUOT, SALLE N° 1

Les Lundi 24 et Mardi 25 Février 1890

A 2 HEURES

Mᵉ PAUL CHEVALLIER	M. CHARLES MANNHEIM
COMMISSAIRE-PRISEUR	EXPERT
10, rue de la Grange-Batelière, 10	7, rue Saint-Georges, 7

EXPOSITION PUBLIQUE

Le Dimanche 23 Février 1890, de 1 h. 1/2 à 5 h. 1/2

CONDITIONS DE LA VENTE

Elle sera faite au comptant.

Les acquéreurs payeront en sus des enchères *cinq pour cent*, applicables aux frais.

L'exposition mettant le public à même de se rendre compte de l'état des objets, il ne sera admis aucune réclamation une fois l'adjudication prononcée.

TABLEAUX

BARYE

1 — *Rochers de Fontainebleau.*

> Signé à droite.
> Vente Barye, n° 36.

>> Haut., 15 cent.; larg., 31 cent.

BREST

(FABIUS)

2 — *La Pointe du Bosphore.*

> Signé en bas, à gauche.

>> Toile. Haut., 34 cent.; larg., 60 cent.

BREST

(FABIUS)

3 — *Un Canal à Venise.*

Signé.

Haut., 22 cent.; larg., 38 cent.

BREST

(FABIUS)

4 — *Un Canal à Venise.*

Étude d'après nature.

Haut., 27 cent.; larg., 32 cent.

COROT

5 — *Vue de Volterra ; les Roches gypseuses.*

Vente Corot, nº 73.

Toile. Haut., 70 cent.; larg., 94 cent.

COROT

6 — *La Route du Colisée ; Rome.*

Signé en bas, à gauche.
Vente Corot.

Haut., 27 cent. ; larg., 39 cent.

COROT

7 — *Vallon italien.*

Une femme et une chèvre, dans un pré bordé de grands arbres, entre lesquels apparaît une villa sur la crête d'un coteau. Ciel bleuâtre, avec de légers nuages blonds.

Signé en bas, à droite.

Haut., 23 cent.; larg., 33 cent.

COROT

8 — *Plateau de Ville-d'Avray.*

Signé en bas, à droite.

Haut., 14 cent.; larg., 26 cent.

DELACROIX

(EUGÈNE)

9 — *La Mort de Desdémone.*

Esquisse.

Vente Delacroix, n° 125.

Haut., 55 cent.; larg., 65 cent.

GUILLAUMET

10 — *Les Falaises de Fécamp*.

Étude.

Bois. Haut., 15 cent.; larg., 22 cent.

MARCKE

(ÉMILE VAN)

11 — *Vaches traversant une mare*.

Signé en bas, à droite.

Toile. Haut., 24 cent.; larg., 31 cent.

MARILHAT

12 — *La Mare aux Fées ; Fontainebleau*.

Toile. Haut., 54 cent.; larg., 45 cent.

ROQUEPLAN

(CAMILLE).

13 — *Les Maisons de bois, à Rouen*.

Signé dans le coin, à gauche.

Haut., 36 cent.; larg., 29 cent.

SECHAN

14 — *Canal Saint-Martin.*

Étude.

Haut., 13 cent.; larg., 19 cent.

SECHAN

15 — *Masures.*

Étude.

Haut., 13 cent.; larg., 19 cent.

TROYON

16 — *La Vallée de la Touques.*

Superbe esquisse.

Bois. Haut., 45 cent.; larg., 30 cent.

TROYON

7 — *Forêt de Fontainebleau.*

Toile. Haut., 46 cent.; larg., 63 cent.

TROYON

18 — *Mare sous bois.*

> Bois. Haut., 40 cent.; larg., 30 cent.

TROYON

19 — *Saules et peupliers ; matin.*

> Bois. Haut., 24 cent.; larg., 37 cent.

TROYON

20 — *Laboureurs, au soleil couchant.*

Étude provenant de la vente Troyon.

> Bois. Haut., 13 cent.; larg., 21 cent.

TROYON

21 — *Étude de vaches.*

Vache noire couchée, vache blanche et deux vaches rousses debout.

Vente Troyon, n° 275.

> Haut., 23 cent.; larg., 31 cent.

TROYON

22 — *Marine.*   *400*

Étude.

Vente Troyon, n° 355.

Bois. Haut., 16 cent.; larg., 25 cent.

TROYON

23 — *Bas-Meudon ; clair de lune.*   *400*

Étude peinte sur une porte de meuble.

Haut., 18 cent.; larg., 21 cent.

DESSINS, AQUARELLES

BONINGTON

24 — *Portrait d'un prélat.*   *220*

Buste.
Sépia.

Haut., 13 cent.; larg., 10 cent.

BREST

(FABIUS)

25 — *Vue de Constantinople.*

Crayon noir.

Haut., 10 cent.; larg., 21 cent.

BREST

(FABIUS)

26 — *Autre Vue de Constantinople.*

Crayon noir.

Haut., 19 cent.; larg., 18 cent.

DECAMPS

27 — *Halte de Turcs, sous les arbres.*

Esquisse à l'aquarelle.

Haut., 15 cent.; larg., 30 cent.

28 — Plusieurs croquis, en feuilles.

DELACROIX

(EUGÈNE)

29 — *Deux chevaux marchant.*

Aquarelle provenant de la vente Delacroix.

Haut., 22 cent.; larg., 30 cent.

72

DELACROIX

30 — *Intérieur marocain.*

Aquarelle.

Vente Delacroix, nº 567.

Haut., 24 cent.; larg., 34 cent.

90

DELACROIX

31 — *Quatre têtes de lionnes.*

Mine de plomb.

Vente Delacroix.

Haut., 27 cent.; larg., 20 cent.

120

32 — *Quatre têtes de lions.*

Mine de plomb.

Vente Delacroix.

Haut., 22 cent.; larg., 18 cent.

DELACROIX

33 — Plusieurs feuilles de dessins et croquis à la plume et au crayon, provenant de sa vente.

GILLOT

(CLAUDE)

34 — *Projet de tapisserie.*

Motif de décoration composé de guirlandes, de cornes d'abondance, de rinceaux déliés et formant l'encadrement d'un médaillon à figures mythologiques.

.Beau dessin à la plume lavé d'aquarelle.

Cadre ancien en bois sculpté.

Vente Séchan, n° 934.

Haut., 41 cent.; larg., 30 cent.

PRUDHON

35 — *L'Amour séduit l'Innocence, le Plaisir l'accompagne, le Repentir suit.*

Première esquisse.

Très beau dessin à la pierre noire.

Haut., 47 cent.; larg., 36 cent.

PRUDHON

36 — *La Vengeance divine.*

2400

Étude de tête pour le célèbre tableau du Musée du Louvre.

Crayon noir, avec rehauts de blanc sur papier gris.

Haut., 46 cent.; larg., 36 cent.

PRUDHON

37 — *Académie d'adolescent.*

520

Dessin au crayon noir et au crayon blanc sur papier gris bleuté.

Collection De Boisfremont.

Haut., 58 cent.; larg., 40 cent.

PRUDHON

38 — *Académie ; figure d'homme.*

270

Crayons noir et blanc sur papier gris bleuté.

Haut., 58 cent.; larg., 35 cent.

PRUDHON

39 — *Académie ; figure d'homme, les bras élevés.*

Crayons noir et blanc sur papier gris bleuté.
Collection De Boisfremont.

Haut., 61 cent.; larg., 40 cent.

1000

PRUDHON

280

40 — *Académie ; figure d'homme.*

Crayons noir et blanc sur papier gris bleuté.

Haut., 58 cent.; larg., 35 cent.

PRUDHON

300

41 — *Académie ; figure d'homme, les mains derrière le dos.*

Crayons noir et blanc sur papier gris bleuté.
Collection De Boisfremont.

Haut., 61 cent.; larg., 31 cent.

MOUCHERON

(J.)

42 — *Architecture et figures.*

Vue intérieure de parc et riches monuments d'architecture.

Dessin à la plume, rehaussé d'aquarelle.

Signé en toutes lettres.

Collection Séchan, n° 938.

Haut., 33 cent.; larg., 25 cent.

MOUCHERON

(J.)

43 — *Architecture et figures.*

Pendant du précédent.

Dessin à la plume, rehaussé d'aquarelle.

Signé en toutes lettres.

Collection Séchan, n° 938.

Haut., 33 cent.; larg., 25 cent.

TROYON

44 — *Vaches à l'abreuvoir et poules.*

Pastel.

Haut., 24 cent.; larg., 36 cent.

**

DÉSIGNATION DES OBJETS

FAIENCES

45 — Belle assiette en faïence de Caffaggiolo décorée, en plein sur fond bleu, d'enfants montés sur
des chevaux marins, de trophées, d'amours et
d'attributs de l'amour et de guirlandes ; au milieu,
la lettre P dans une couronne de feuillages ; trait
en bleu, tons d'ocres jaune et brun avec rehauts
de vert. Au revers, couronne de palmettes en
bleu. — Diam., 23 cent.

46 — Plat rond en ancienne faïence d'Urbino, présentant en plein et en couleurs l'Amour au pied
d'un arbre et des nymphes cueillant des fleurs ;
fond de paysage avec maisons. — Diam.,
30 cent.

47 — Plat creux en ancienne faïence de Faenza,
décoré en camaïeu bleu, au fond, d'un animal fan-
tastique, et sur le marli, d'entrelacs et de rinceaux. — Diam., 26 cent.

48 — Coupe godronnée sur piédouche bas en ancienne faïence de Faenza décorée, en couleurs, d'un buste de guerrier et de zones de feuilles.

49 — Plat en faïence de Rhodes, décoré d'une gerbe de fleurs en émaux bleu, rouge et vert sur fond blanc. Cadre noir à filets dorés. — Diam., 27 cent.

50 — Plat à bords contournés, d'ancienne faïence de Rhodes, décoré, en bleu sur émail blanc, d'une grande rosace centrale, de petites rosaces et d'une bordure. — Diam., 36 cent.

51 — Aiguière à anse, panse ovoïde et col évasé en ancienne faïence de Rhodes, décorée de fleurs en couleurs.

52 — Bouteille piriforme en ancienne faïence de Perse, à décor d'imbrications et de réserves circulaires, tracées en bleu sur fond d'émail blanc. Le goulot, conique, est fretté de cuivre gravé à figures et fleurs. — Haut., 36 cent.

53 — Bouteille en faïence de Perse, décorée de fleurs-arabesques en bleu sur émail blanc; le goulot est garni d'une collerette de cuivre.

54 — Bassin à ombilic et à marli couvert de godrons, en ancienne faïence hispano-mauresque, à décor d'ornements chamois à reflets métalliques bleu nacré et jaune d'or sur fond d'émail blanc jaunâtre. Le revers est aussi décoré. — Diam., 40 cent.

55 — Grand plat en faïence hispano-mauresque à ombilic et marli ornés de godrons en relief. Il est recouvert d'imbrications et d'ornements à reflets métalliques sur fond jaunâtre. Cadre en bois noir. — Diam., 48 cent.

56 — Deux bouteilles piriformes à pans en ancienne faïence de Delft, décorées en couleurs et or de fleurs sur fonds bleus et blancs alternés.

57 — Grand plat rond en ancienne faïence de Nevers décoré en camaïeu bleu et traits en manganèse d'une scène familière chinoise et, sur le marli, de quatre compartiments à paysages séparés par des fleurs. — Diam., 48 cent.

58 — Assiette à bords festonnés en ancienne faïence de Nevers, à décor de fleurs émaillées blanc sur fond gros bleu.

59 — Vase pot-pourri en ancienne faïence allemande,
orné de branchages en ronde bosse, émaillés au
naturel, et de rosaces ajourées à la partie supérieure. Marqué G S.

60 — Grand plat creux en ancienne terre vernissée
de Nuremberg, présentant une figure de saint
Sébastien et, sur le marli, des rinceaux et palmettes en couleurs.

61 — Cache-pot d'ancienne faïence de Rouen, décor bleu à lambrequins et rinceaux, séparés par
des montants ornés.

62 — Vase bursaire à inscriptions et ornements en
relief, sous émail bleu turquoise, en faïence de
Deck.

63 — FAIENCE ITALIENNE. Deux grands cierges du
XVIIe siècle, émaillés blanc et à ornements décorés à froid en dorure et rechampis de noir.

64 — Vase étrusque à anse et ouverture trilobée en
terre rouge peinte en noir.

***

65 — Quatre pièces : trois vases semi-ovoïdes à anses et petite aiguière à anse en terre de Nola ; deux d'entre eux présentent des personnages.

66 — Deux cornets en faïence à décor polychrome, de style persan, par *Longuet*.

67 — Grand plat à ombilic, imitation de Palissy, d'après le plat de Briot à la tempérance. Signé *Pull*.

68 — Plateau à épices ovale, imitation de Palissy, par *Pull*.

PORCELAINES DE CHINE, DU JAPON ET DE L'INDE

69-70 — Deux grands plats d'ancienne porcelaine de la Chine, décorés en émaux de couleurs. Au fond, grand médaillon à paysage. Au marli, quatre réserves à fleurs et fruits espacées sur une bordure de petits enroulements chargée de fleurs et de feuilles. — Diam., 40 cent.

71 — Plat rond en vieux Japon, décoré au fond et

sur le marli de fleurs arabesques, de quadrillés
et d'ornements, en bleu sur émail blanc. —
Diam., 40 cent.

72 — Bassin à bords plats, d'ancienne porcelaine
de la Chine décorée en émaux de la famille rose.
Au fond, des pivoines et un pêcher en fleurs ; à
la chute, un quadrillé interrompu par quatre
réserves contenant des kakémonos et autres
objets ; au marli, des festons de fleurs. —
Diam., 43 cent.

73 — Plat d'ancienne porcelaine du Japon, à marli
couvert d'ornements gaufrés en relief sous la
couverte ; il est décoré au fond de chrysan-
thèmes et à la chute de réserves sur quadrillé,
en bleu. — Diam., 43 cent.

74 — Aiguière de forme persane, à panse ovoïde
aplatie, col cylindrique évasé, anse et goulot en
ancienne porcelaine de Chine, famille verte, à
décor de fleurs sur fond clathré rouge ; de
chaque côté de la panse, médaillon ajouré en
biscuit, représentant un dragon au milieu de
rinceaux. Pièce très rare. — Haut., 25 cent.
(Vente Séchan, nº 483.)

75 — Aiguière à ablutions, de forme persane, à panse ovoïde, goulot en forme d'S et couvercle, décorée en bleu sous couverte de lambrequins et de compartiments de fleurs. Elle est accompagnée de son bassin de mêmes porcelaine et décor. — Diamètre du bassin, 25 cent. ; hauteur de l'aiguière, 31 cent. (Vente Séchan, n° 484.)

76 — Vase à panse ovoïde et col cylindrique évasé, en ancien grès de la Chine, à fleurs gaufrées sur fond bleu, avec branches de fleurs en ronde bosse le long du col. (Vente Séchan.)

77 — Deux pitongs cylindriques en ancienne porcelaine de Chine, fond jaune avec grande réserve, à chimères en émaux de la famille verte.

78 — Deux jardinières en porcelaine du Japon, décorées de scènes familières en bleu sur émail blanc. Monture en bronze.

79 — Corbeille à fruits à anses et couvercle avec son plateau, en ancienne porcelaine dite de

l'Inde, repercée à jour, et décor de guirlandes
de feuilles et fleurs en couleurs.

80 — Deux assiettes en ancienne porcelaine dite de
l'Inde, à décor de guirlandes de feuilles et fleurs
en couleurs.

81 — Assiette en vieux Chine, décorée en émaux
de la famille verte, avec rehauts d'or, arbre et
buissons de fleurs.

82 — Assiette en vieux Chine, à décor de fleurs en
émaux polychromes.

83 — Deux petites potiches couvertes à corps
ovoïde à pans, en ancienne porcelaine de
Chine, famille rose, à décor de lambrequins et
branches de fleurs.

84 — Petite bouteille à panse sphérique surbaissée
et long col cylindrique, en porcelaine de Chine,
à décor de fleurs émaillées bleu sous couverte.

85 — Petite bouteille à corps piriforme et col à
double renflement, en porcelaine de Chine,
famille verte, à décor d'attributs divers.

86 — Fontaine ovoïde à anse et sur trois pieds, en porcelaine du Japon : Scènes familières en bas-relief, décorées en couleurs et or.

87 — Narghilé composé d'un vase piriforme, en porcelaine de Chine, à paysages émaillés bleu sous couverte, et d'une monture en cuivre ajouré.

88 — Théière cylindro-conique côtelée, en ancienne porcelaine de Chine, décorée de rinceaux en bleu sous couverte ; anse et goulot en cuivre.

89 — Flacon à thé couvert, de forme aplatie, en porcelaine du Japon, décorée en bleu, rouge et or de fleurs et compartiments à paysage.

90 — Tasse de forme droite, à anse, et sa soucoupe en porcelaine de Chine, famille rose, à décor de scènes familières, fond quadrillé avec rehauts d'or.

91 — Petit vase ovoïde en porcelaine de Chine, famille rose, à décor de scènes familières et fond quadrillé avec rehauts d'or.

90.91.92 — Tasse de forme évasée et sa soucoupe en porcelaine de Chine, famille rose, à décor de
scènes familières et fond quadrillé avec rehauts
d'or.

93 — Assiette en porcelaine de Chine, famille rose,
décorée, au fond, d'une scène familière, et, sur
le marli, de fleurettes sur fond quadrillé, avec
rehauts d'or.

94 — Tasse de forme évasée et sa soucoupe, en
porcelaine mince de la Chine, décorée de scènes
familières en couleurs.

95 — Petite tasse de forme arrondie en porcelaine
de Chine, ornée sur fond doré de motifs saillants émaillés bleu.

PORCELAINES DE SÈVRES, DE SAXE, ETC.

96 — Deux pièces : buire forme casque et bol en
ancienne porcelaine tendre de Sèvres, décorée
en couleurs de vases de fleurs, guirlandes et
draperies, avec rehauts d'or.

97 — Petite tasse droite, à anse, en ancienne porcelaine tendre de Sèvres, à décor de jetés de fleurs et guirlandes en couleurs, avec rehauts d'or.

98 — Écuelle couverte, à deux anses, en ancienne porcelaine de Vienne, à décor polychrome de fleurs, avec rehauts d'or; sur le couvercle, fleurettes en ronde bosse. (Vente Séchan, n° 552.)

99 — Deux figurines de Terme en porcelaine de Chelsea-Derby, émaillées au naturel.

100 — Petite tasse de forme arrondie et sa soucoupe en ancienne porcelaine de Saxe, à décor de fleurs et oiseaux en couleurs sur fond violet.

101 — Deux tasses de forme arrondie, à anse, avec soucoupes, en ancienne porcelaine de Saxe, à décor de jetés de fleurs en couleurs.

102 — Deux pièces : tasse de forme arrondie, à anse, en ancienne porcelaine de Saxe, à jetés de fleurs en couleurs, et soucoupe en ancienne porcelaine de Berlin, à jetés de fleurs en couleurs.

103 — Pot de toilette couverte, en porcelaine de
Saxe-Marcolini, à décor de fleurs en couleurs et
lambrequins, à fond vert avec rehauts d'or.

VERRERIE

104 — Petite lampe arabe de mosquée en verre
émaillé ; piédouche élevé et très évasé ; corps
ovoïde, à carène inférieure, garni de sept
anneaux de suspension, et col élevé et très ou-
vert. Ce col, bordé en haut et en bas d'arabesques en traits rouge de fer, porte, entre
deux bordures émaillées bleues à rinceaux
enlevés, trois médaillons bleus à inscriptions
en or ; entre, sont des fleurons sur fond d'or
entourant des cercles rouges. Sur le corps,
sous une bordure arabesque émaillée, figurent
sept médaillons encadrés de bleu, à réserves,
et contenant une sorte de fleuron armorial
émaillé. — Haut., 28 cent. ; diam., 19 cent.
(Vente Séchan, n° 567.)

105 — Coupe profonde sur piédouche côtelé, en
verre incolore, orné d'une zone de feuilles
émaillées en couleurs entre deux étroites bandes
à imbrications en dorure. Venise, xvɪᵉ siècle. —
Diam., 21 cent. ; haut., 13 cent.

106 — Coupe sur piédouche en verre incolore, orné d'une bordure de points émaillés blanc, rouge et bleu. Venise, XVIᵉ siècle.

107 — Grand hanap cylindrique évasé, sur pied côtelé, en verre de Bohême incolore, à bossettes dorées.

108 — Hanap de forme conique, en verre de Bohême incolore, à bossages sur pied, à motifs saillants.

109 — Plateau rond en cristal de Bohême gravé, à rinceaux.

110 — Lot de verrerie de fabrication moderne, de Murano.

ARMES

111 — Kathar indien, à magnifique lame de damas, avec arêtes médianes et fleuron en relief au talon ; elle est amincie par une double gorge d'évidement. La poignée, à branches longues, est en fer noir finement damasquiné de bordures

et gerbes superposées en or de tons divers. Le
fourreau de velours est garni, à la pointe, d'une
pièce en palmette, à doubles gerbes. — Long.,
46 cent. (Vente Séchan, n° 104.)

112 — Couteau persan en damas ; le manche creux,
à arabesques en relief damasquinées d'or, s'ou-
vre au sommet et renferme une petite trousse
d'outils, poinçon, lime, scie, etc. La lame porte
deux inscriptions en relief dans des arabesques
longeant le dos ; celui-ci évidé, avec arabesques
en relief incrustées d'or, est aussi gravé d'inscriptions. Sur le couvercle, un lion damasquiné.
— Long., 42 cent. (Vente Séchan, n° 93.)

113 — Rondache persane en damas, bombée, offrant
au centre quatre bossettes damasquinées d'or et,
au bord, une large bande à cavaliers, ornements et inscriptions, également en damasquine d'or.

114 — Armet décoré de bandes d'arabesques et d'entrelacs gravés et dorés. Timbre arrondi à crête ;
mézail d'une seule pièce formant une saillie en
pointe au-dessous de la vue. La mentonnière

nous semble dater du XVIe siècle, le reste de l'armet a été rétabli postérieurement. (Vente Séchan.)

115 — Deux pistolets à pierre du XVIIe siècle, à garniture de cuivre ciselé, accompagnés d'une fonte de maroquin rouge, ornée de broderies.

116 — Beau et ancien fusil persan, à canon et crosse prismatiques ; le canon est couvert d'ornements et d'inscriptions en damasquine d'or ; la monture est enrichie d'incrustations de cuivre gravé et de filets d'ivoire.

117 — Autre fusil persan, à crosse pentagonale incrustée de filets d'os et de petites rosaces métalliques.

118 — Hallebarde à longue pointe et fer découpé et ajouré, avec sa hampe en bois.

119 — Long poignard oriental, à poignée de corne avec bossettes de fer damasquiné d'or et fourreau en peau.

OBJETS VARIÉS

120 — Très beau cadre en bois sculpté et doré, de l'époque Louis XVI, à perles, feuillages et oves. La traverse supérieure est ornée d'un cartouche surmonté d'une couronne de laurier et de rubans ondulés ; de chaque côté du cartouche s'échappe une jolie guirlande de fleurs qui retombe jusqu'à la moitié des montants du cadre. — Dimension : ouverture, haut., 64 cent.; larg., 54 cent.

121 — Cadre Louis XIV en bois sculpté.

122 — Cadre de miroir en marqueterie de bois de couleurs et d'ivoire, à rosaces et têtes humaines. Travail turc.

123 — Musette en ivoire et satin broché à fleurs, sur fond rouge. XVIIIe siècle.

124 — Mandoline à caisse côtelée et à manche et cheviller plaqués de nacre et d'écaille brune avec vase et attributs en incrustations d'argent gravé. Signée Vinaccia, 1766. Naples.

125 — Rouet du xviiie siècle en bois tourné, avec petites boules d'ivoire.

126 — Pot à eau couvert en argent, décoré de guirlandes de fruits et fleurs, rubans et godrons obliques en bas-relief. Époque Louis XVI. (Vente Séchan.)

127 — Boîte rectangulaire en argent, décorée de fleurs et rinceaux en bas-relief. Travail turc.

128 — Boucle de ceinture en filigrane d'argent, ornée de bossettes, les unes émaillées, les autres repercées à jour. Travail oriental.

129 — Boîte ronde et son couvercle, en écaille blonde piquée de métal.

130 — Deux pièces : tabatière ovale Louis XVI, en cuivre doré, présentant un monogramme sur le couvercle, et plaquette ovale du xviie siècle, en bronze à patine brune, ornée de grotesques et d'un monogramme.

131 — Nécessaire de poche Louis XV en galuchat

clouté d'argent ; sur le couvercle, plaque d'agate dans un encadrement rocaille en argent ; les ustensiles sont complets.

132 — Plaquette rectangulaire en bronze à patine brune, représentant la Vierge debout tenant l'Enfant au milieu de chérubins. Travail italien.

133 — Plaquette rectangulaire en bronze à patine brune, représentant Hercule et le lion de Némée, d'après Moderno.

134 — Paire de ciseaux en acier damasquiné d'or à rinceaux. Travail persan.

135 — Paire de ciseaux analogue à la précédente et accompagnée de son étui en velours violet à broderie de métal. Travail persan.

136 — Petit pot de toilette cylindrique couvert en émail peint de la Chine, à scènes familières en couleurs.

137 — Fac-similé galvanique d'une coupe du trésor d'Hildesheim ; au centre, figure de Minerve en haut-relief. Maison Christofle.

138 — Pièce de surtout formée d'un vase supporté par quatre cariatides engainées reposant sur plateau contourné, bois et pâte dorés. Travail italien. XVIIe siècle.

139 — Deux chaussures turques sur doubles talons très hauts, en bois décoré d'incrustations de nacre.

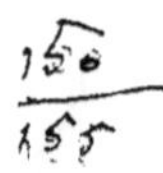

140 — Grand narghilé persan à corps ovoïde et pavillon évasé décoré de figures, de fleurs et d'ornements peints sur émail; il est supporté par un trépied de cuivre.

CUIVRES, BRONZES

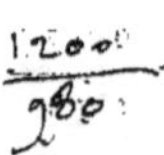

141 — Grand lustre flamand en cuivre poli à vingt-quatre lumières disposées sur trois rangs ; une grosse boule est suspendue à la partie inférieure. — Haut., 1 m. 75 cent.

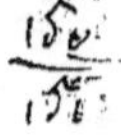

142 — Deux grands chenets en cuivre poli à boules élevées sur patins contournés et à mascarons. Style Louis XIII.

143 — Six appliques à trois lumières chaque, en
bronze ciselé et doré de style Louis XVI et gar-
nies de cristaux. Elles sortent de la maison Mar-
quis.

144 — Bassin à anse en cuivre gravé et damasquiné
d'argent à arabesques et entrelacs. Travail véni-
tien. Vente Séchan.

145 — Brûle-parfums en cuivre en forme de vase
ajouré, surmonté d'un croissant et sur plateau
fixe. Travail turc.

146 — Vase formé de deux cônes écimés joints par
leurs sommets, en cuivre gravé de la Perse à
inscriptions rehaussées de placage d'argent.

147 — Flambeau de mosquée à chevrons et arabesques gravées, ressortant sur fond noirci.

148 — Corbeille turbinée avec anse surélevée, en
cuivre gravé de la Perse.

149 — Deux écuelles à couvercles campanulés en
cuivre de la Perse.

150 — Aiguière et bassin en cuivre gravé à guirlandes et doré. Travail oriental.

151 — Service de toilette en bronze du Japon, composé d'une aiguière à anse, goulot et couvercle;
d'un brûle-parfums à couvercle ajouré, d'un
petit vase cylindrique et d'une boîte à onguent
de forme lenticulaire, ornés de branches fleuries
et oiseaux en haut-relief et accompagnés de
quatre socles en bois.

152 — Deux pièces en bronze italien : sonnette à
figures d'amour et feuilles d'acanthe en relief, et
flambeau à tige feuillagée, élevée sur un trépied.

153 — Quatre bas-reliefs en bronze, style Jean Gou-
jon, représentant des nymphes des eaux. —
Haut., 41 cent.; larg., 20 cent.

154 — Plat en cuivre repoussé, à sujet représentant
la création de la femme.

MEUBLES, PENDULES

155 — Petite pendule borne, en marbre blanc, garnie de rinceaux et flanquée latéralement de

cornes d'abondance en bronze ciselé et doré. Elle est surmontée d'un vase enguirlandé et repose sur un socle ovale décoré d'ornements de bronze.

156 — Petit dressoir de l'époque Louis XIII, en bois de noyer ; le corps supérieur, à fond plein et à corniche supportée par deux colonnes, offre, au milieu, une petite armoire à porte, décorée de feuillages sculptés, de rinceaux et de moulures ; le corps inférieur ou console, à fond plein, a deux tiroirs dans la ceinture que supportent deux colonnettes.

157 — Coffret rectangulaire en bois de santal, très finement sculpté, à losanges fleuronnés et meneaux en relief ; sur le couvercle, les losanges portent des figures en buste et des oiseaux. Travail persan.

158 — Très grande pendule en marqueterie de cuivre sur écaille, garnie de bronzes : cariatides, chevaux marins, appliques, vases, etc. ; elle est surmontée d'une statuette de Minerve. Style Louis XIV.

159 — Coffre en bois de chêne sculpté, de la fin du
XVIᵉ siècle, à décor de feuillages et d'entrelacs.

160 — Meuble d'encoignure Louis XV à une porte,
en bois laqué or et couleur, sur fond noir ; sur
la porte, guerriers chinois ; chutes, sabots,
entrée de serrure en bronze doré ; l'étagère a
été rapportée.

161 — Deux fauteuils de l'époque Louis XVI, en
bois sculpté et peint blanc, à perles et rais de
cœur, avec pieds et montants cannelés ; ils sont
couverts de cuir.

162 — Petite pendule de forme contournée et sa
console-applique, en marqueterie de cuivre sur
écaille, garnie d'appliques en bronze ; la pendule est surmontée d'une figurine d'enfant assis
sur une sphère. Époque de la Régence.

163 — Piano droit en bois rose et marqueterie, à
quadrillés et bouquets de fleurs.

164 — Console Louis XVI, à côtés arrondis, en
acajou, garnie de cuivre avec dessus de marbre
blanc à galerie.

165 — Grande vitrine en poirier noirci à deux corps
munis chacun de trois portes et surmontée d'un
fronton sculpté. Maison Fossey. — Haut.,
3 mètres ; larg., 2 m. 25 cent.

166 — Petit miroir à fronton, dans un cadre sculpté
et doré du temps de la Régence.

167 — Miroir octogone dans un cadre rectangulaire
surmonté d'un fronton, en bois noir gravé à
fleurs.

168 — Tabouret turc à pans en bois, décoré d'incrustations de nacre.

169 — Coffret turc rectangulaire, en mosaïque de
nacre et d'ivoire sur écaille.

170 — Table italienne sur tréteaux en bois d'ébène,
incrustée de plaques et de filets d'ivoire.

171 — Coffret oriental à couvercle en toit en mosaïque de bois et d'ivoire ; il est garni d'écoin-
çons en cuivre gravé et doré.

172 — Deux supports-appliques (Kaoù-Klouk) ou porte-turban en bois sculpté, peint et doré.

173 — Deux supports-appliques (Kaoù-Klouk) en bois sculpté et doré, à grosses fleurs. Travail turc.

174 — Deux supports-appliques en bois sculpté et doré à mascaron tête de femme,

TAPISSERIES

175 — Grande et belle tapisserie de Bruxelles, du XVIᵉ siècle, à sujet tiré de la fable (Vertumne et Pomone) placé sous un portique donnant sur un parc. Elle est encadrée d'une riche bordure composée de figures allégoriques, de divinités marines, d'attributs, de fruits et de cartouches. — Haut., 4 m. 20 cent.; larg., 5 m. 15 cent.

176 — Garniture de grand canapé, siège et dossier en belle et ancienne tapisserie d'Aubusson, très fine, à riche décor de bouquets et festons de fleurs sur fond blanc.

TAPIS, CUIRS

177 — Tapis rectangulaire en mosaïque de drap de
Recht et velours de couleurs, présentant au
milieu trois vases de fleurs avec bouquets de
fleurs sur la bordure. Travail turc.

178 — Tapis rectangulaire de même travail que le
précédent, présentant au milieu une façade de
mosquée sous une grande arcade ogivale, avec
rinceaux fleuris dans la bordure. Travail turc.

179 — Tapis rectangulaire de même travail que le
précédent, présentant au milieu un grand vase
de fleurs, avec bordure de rinceaux fleuris sur
fond blanc. Travail turc.

180 — Petit tapis indien couvert de broderies, fleurs
et arabesques, sur soie jaune.

181 — Trois panneaux de tenture d'ancien cuir
hollandais, gaufré, peint et doré. XVIIe siècle.

5   N. [illegible] ——————————   65 lena [illegible]

o   [illegible]

21   [illegible]   ⎰ 38 [illegible]
                                           ⎱ 63 lena [illegible]

                                           51 —— [illegible]

15   [illegible]   50 —— [illegible]

1 [illegible] Bataille, Cabanel [illegible]

[illegible]   E. Pereire [illegible]   [illegible]

5   [illegible]   H. [illegible]   3[illegible]   [illegible]
                    [illegible]

[illegible]   5[illegible] [illegible]

[illegible] [illegible] ?   5[illegible]

2   [illegible]

———————————————

3[illegible] [illegible]

2[illegible] [illegible] ——

[illegible] [illegible] 18[illegible]

5[illegible] [illegible]

5[illegible] [illegible] A. [illegible] 2[illegible]

⎰ 3[illegible] [illegible]

5[illegible] [illegible]